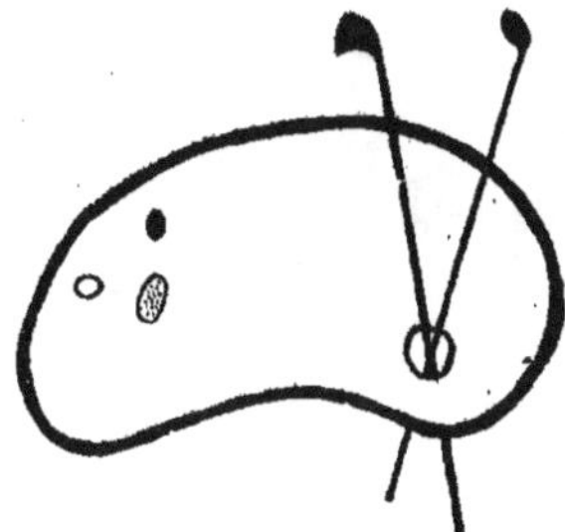

DÉBUT D'UNE SÉRIE DE DOCUMENTS
EN COULEUR.

ESTAMPES

Flamandes et Françaises

TRÈS-BELLES ÉPREUVES

Du Cabinet de M. P.

———

Vente les 29 et 30 Novembre

Exposition le Dimanche 28

Mᵉ **DELBERGUE-CORMONT**, Commissaire-Priseur.

M. VIGNÈRES, Marchand d'Estampes.

M. Derville 29 rue de la chaussée d'Antin

CATALOGUE N° 2

DE DIVERSES COLLECTIONS

DE

PORTRAITS

POUR

ILLUSTRATIONS ET JOINDRE AUX AUTOGRAPHES

QUI SE TROUVENT CHEZ

VIGNÈRES

MARCHAND D'ESTAMPES ANCIENNES

A PARIS

EXPRESSIONS EMPLOYÉES POUR DÉSIGNER LA FORME DES PORTRAITS

Clairevoie, sans aucune forme autour du portrait.
Ovale ou rond, lorsqu'un filet ou le fond a cette forme.
Ovale ou rond équarri, lorsqu'un médaillon se trouve terminé par des angles ou posé sur un fond carré.
Carré ou octogone, lorsqu'un filet ou le fond a cette forme.

GALERIE DES CONTEMPORAINS ILLUSTRES

110 Portraits gravés à l'eau-forte *clairevoie* par Torlet et autres, pouvant entrer in-12, papier format in-4°. La collection complète, **50 fr.**; chaque portrait, 50 c.

Abdel-Kader.	Espartero.	O'Connel.
Ampère.	Fourrier (Charles).	Odilon Barrot.
Arago.	Garnier-Pagès.	Oudinot.
Aubert.	Gay-Lussac.	Palmerston.
Ballanche.	Gérard, maréchal.	Pasquier.
Balzac.	Goethe.	Peel Robert.
Barante (de).	Guizot.	Périer (Casimir).
Béranger.	Hugo (Victor).	Reschid Pacha.
Bernadotte.	Humboldt.	Rossini.
Berryer.	Ibrahim Pacha.	Royer-Collard.
Bertrand.	Ingres	Russell John.
Berzelius.	Jackson.	Saint-Simon, Cl. H. Cte.
Bosio.	Lacordaire.	Sainte-Beuve.
Broglie (de).	Lafayette 1789.	Salvandy.
Brougham.	Lafayette 1830.	Sand (Georges).
Bugeaud.	Lafitte.	Schelling.
Carrel (Armand).	Lamartine.	Schlegel.
Charles (Archiduc).	Lamennais.	Scott (Walter.)
Chateaubriand.	Larrey, chirurgien.	Scribe.
Cherubini.	Lebeau.	Sebastiani.
Cobden	Manzoni.	Silvio Pellico.
Colletis Gén. Grec.	Marmont.	Sismondi (Simonde).
Constant (Benj.)	Martignac.	Soult.
Cooper (Fenimore).	Martinez de la Rosa.	Spontini.
Cormenin.	Mauguin.	Talleyrand.
Cousin (Victor).	Maurocordato.	Thierry (Augustin).
Cuvier.	Metternich.	Thiers.
Czartoryski.	Meyerbeer.	Thorwaldsen.
David d'Angers, sculpt.	Mickiewicz.	Tieck.
Decazes.	Mohamed-Ali.	Toreno.
Delacroix (Eugène).	Molé.	Uhland.
Delaroche.	Montalembert.	Wellington.
Delavigne (Casimir).	Moncey.	Vernet (Horace).
Dumas (Alexandre).	Moore (Thomas).	Vigny (Alfred de).
Duperré.	Nesselrode.	Villèle.
Dupin aîné.	Nodier (Charles).	Villemain.
Dupuytren.	Nothomb.	

Imp. Renou et Maulde.

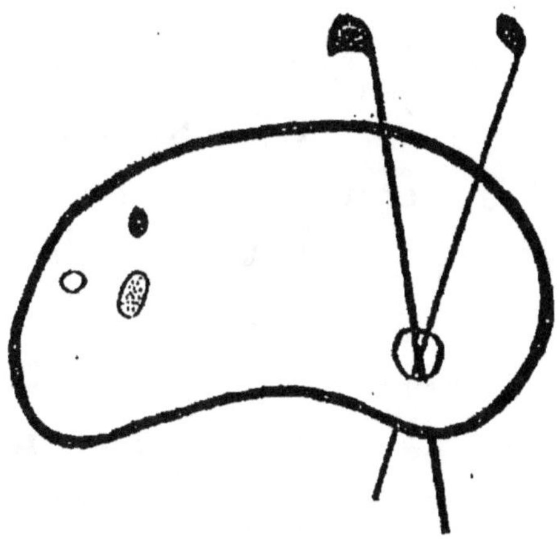

FIN D'UNE SÉRIE DE DOCUMENTS
EN COULEUR

CATALOGUE

D'ESTAMPES

ANCIENNES

(TRÈS-BELLES ÉPREUVES)

Écoles Italienne, Allemande, Flamande, Hollandaise

ET FRANÇAISE

LIVRES A FIGURES & DESSINS

Provenant du Cabinet de M. P...

DONT LA VENTE AURA LIEU

HOTEL DES COMMISSAIRES-PRISEURS

Rue Drouot, n° 5

SALLE N° 3, AU 1er

Les Lundi 29 et Mardi 30 Novembre 1858

A UNE HEURE

M° DELBERGUE-CORMONT, C°-Priseur, rue de Provence, 8

Assisté de **M. VIGNÈRES**, marchand d'Estampes,
rue de la Monnaie, 13, à l'entresol, entrée rue Baillet, 1

CHEZ LEQUEL SE DISTRIBUE LE CATALOGUE

EXPOSITION PUBLIQUE

Le Dimanche 28 Novembre, de une heure à quatre heures.

—

1858

ORDRE DES VACATIONS.

PREMIÈRE VACATION, Lundi 29.

Anonymes à Lancret . . . . 1 à 221

DEUXIÈME VACATION, Mardi 30.

Larmessin à la fin   222
Livres à figures . . . .   à
Dessins   424

On commencera à une heure précise.

CONDITIONS DE LA VENTE

Au comptant.

Cinq pour cent en sus des enchères applicables aux frais.

M. Vignères, faisant la vente, se charge des commissions.

DÉSIGNATION

DES ESTAMPES

1 **Anonymes.** Psyché emportée par les Amours,
d'ap. Raphaël.

2 — Vieux berger montrant une étoile à un jeune
homme, copie contre-partie, d'ap. Marc-Antoine-
Cab. Delessert.

3 — École de Marc-Antoine, Jupiter foudroyant les
Géants. B. XV, page 45-16.

4 — Second temple de Jupiter au Capitole. B. XV,
page 56-3, belle.

5 — Le Jeu du Juif, suite de 12 jolies petites pièces
et la règle du jeu.

6 — Portrait d'Élisabeth, reine d'Angleterre.

7 **Aldegraver** (Henri). Son portrait gravé par lui
à l'âge de 35 ans. B. 189. Très-belle ép. d'une
pièce rare (Cabinet Lacombe et Delessert).

8 — Rhéa Sylvia entièrement nue, au fond un
homme emporte Romulus et Rémus. B. 66. Très-
Belle ép. d'une pièce rare.

9 **Anderloni** (P.). La Femme adultère, d'ap. Titien. Belle ép., toute marge.

10 **Aubert** (d'apr. L.). Le Billet doux, gracieux intérieur Louis XV, par Ch. Duflos.

11 **Audran** (Gérard). Sainte-Françoise, d'apr. N. Poussin. Très-belle épr., grande marge.

12 — Martyre de Saint-Étienne, d'ap. Le Brun. Belle épr.

13 **Balechou.** La Tempête, d'apr. J. Vernet. Superbe épr. rognée au bord.

14 **Bartolozzi** (F.). Vénus, Cupidon et Satyre, d'apr. L. Giordano.

15 **Baudet** (Étienne). Les Funérailles de Phocion, 4 paysages d'après N. Poussin. Belles épr.

16 **Baudoin** (d'ap.). Sa taille est ravissante, etc. Jolie dame ajustant son corset devant la glace, par Le Beau. Très-belle ép., marge.

17 — Jeune fille effeuillant une rose, par Masquelier, sup. Ép. avant les vers, marge.

18 — Le Soir, par de Ghendt. Belle ép. remargée.

19 — Le Midi, par de Ghendt. Sup. épr. avant la lettre.

20 — La Nuit, par de Ghendt. Sup. ép. avant la lettre.

21 — Les Soins tardifs. Très-belle ép. par Delaunay.

22 — La Toilette, par Ponce. Très-belle ép. remargée.

23 — Le Jardinier galant, par Helman. Très-belle épr.

24 — La Soirée des Thuileries, par Simonet. Sup. ép., grande marge.

25 — Le Coucher de la Mariée, par Moreau et Simonet. Belle ép., marge. C'est une des plus jolies pièces d'intérieur de chambre à coucher de cette époque.

26 — Enlèvement nocturne, par Ponce. Magnifique
ép. avant la lettre, toute marge de la plus grande
fraîcheur.

27 — Le Fruit de l'amour secret, par Voyez Junior.
Belle ép.

28 **Beatrizet** (N.). La Chute de Phaéton, d'ap.
Michel-Ange. B. 38. Copie B. Contre-partie. Très-
belle ép.

29 **Beham** (Barthelemy). Portrait de l'Empereur
Ferdinand I**er**. *I ab. Heyden excudit.* Bonne ép.
marge

30 **Beham** (Hans Sebald). Job s'entretenant avec
ses amis. B. 16. Superbe ép.

31 — L'enfant Prodigue dissipe son bien. B. 32. Très-
belle.

32 — Hercule défait les Centaures. B. 96.

33 — La Femme couchée, vue de dos. B. 215. Sup.
ép., avant la pluie exprimée sur le fond du ciel.

34 **Berain** (d'ap.). Panneau arabesques gravées par
Daigremont, Dolivard, Lepautre. 3 p.

35 **Bolswert** (Schelte A.). D'après *Van Dick*. Vierge
et Jésus adorés par Sainte-Catherine. Très-belle et
vigoureuse ép.

36 — La Grande Sainte-Famille avec les petits anges
qui dansent. Très-belle ép. Premier état, avec
Martin Vanden Enden.

37 — Le Christ au Roseau, ou Couronnement d'É-
pines. Belle ép. d'une pièce capitale.

38 — Le Christ mort sur les genoux de la Vierge,
adoré par trois Anges. Très-belle ép.

39 Bolswert Silène ivre, accompagné de Satyres et Bacchantes. Belle ép., marge.

40 — D'ap. *Jordaens.* Mercure et Argus. Belle ép. avant l'adresse de Blooteling.

41 — D'ap. *Rubens.* Moïse élevant le Serpent d'airain dans le désert. Très-belle ép. d'une grande vigueur.

42 — Sainte Famille dite (Vierge à l'oiseau). Très-belle ép. rognée au bord et collée en plein.

43 — La Vierge au Mouton. Très-belle ép. avec Martin Vanden Enden, marge.

44 — Le Christ en Croix entre les deux Larrons, dit (Le Coup de lance). Très-belle ép. rare.

45 — La Résurrection. Très-belle ép. d'un éclat superbe, avec Martin Vanden Enden.

46 — Assomption de la Vierge, pièce cintrée. Très-belle ép., premier état avec Martin Vanden Enden.

47 — Assomption de la Vierge, carrée en haut. Très-belle ep. du deuxième état, avec G. Hendrick.

48 — Sancta Barbara, vierge et martyre. Très-belle ép.

49 — Les Pères de l'Eglise et Sainte Claire au milieu d'eux, tenant le Saint-Sacrement. Très-belle ép.

50 — La Chasse aux lions. Très-belle et vigoureuse épr.

51 — Paysages, 2 grands, Chasse au sanglier, Naufrage, 4 plus petits, sujets pastoraux, Clair de Lune. 6 p. belles.

52 — D'ap. *Seghers.* Le Reniement de Saint-Pierre. Belle composition, superbe effet de lumière. Très-belle ép., le titre est rapporté.

53 **Bonasone** (Jules). Constantin remportant la victoire sur le tyran Maxence. B. 84 Premier état avec le nom et 1544 qui furent remplacés par *Raphaël pinxit in Vaticano.*

54 **Bosse** (Ab.). La Boutique du Pâtissier. *Chez Tavernier*

55 — Les Cordonniers exerçant leur métier. *Chez Tavernier.*

56 — Le Barbier ajustant la moustache d'un cavalier. *Le Blond exc.*

57 — Le Procureur dans son étude. *Le Blond exc.*

58 — La Signature du Contrat. *Chez Le Blond.*

59 — La Noce de village. *Le Blond exc.*

60 — Le Retour du Baptême. *Chez Ab. Bosse.*

61 — La Vieillesse. *Le Blond exc.*

62 — Louis XIII en Hercule. *Ciartres exc.*

63 — Cérémonies de la création des chevaliers de l'ordre du Saint-Esprit. 4 p. *Chez Tavernier.*

64 — Le Peintre, le Sculpteur, le Graveur, l'Imprimeur. 4 p. *Chez Ab. Bosse.*

65 — Le Printemps, l'Été, l'Automne, l'Hiver. 4. p. *Le Blond exc.*

66 — La Vue, l'Ouïe, le Goût, le Toucher. 5 p. *Chez Tavernier.*

67 — Les Vierges folles et sages. Suite complète de 7 pièces.

68 — L'Enfant Prodigue, son départ, Dans la Maison de débauches, Son Retour. 3 p.
Toutes ces pièces sont généralement très-belles.

69 **Boucher** (François). La petite reposée. Très-belle eau-forte du maître.

70 **Boucher** (d'après). L'Amour Moissonneur, Na-
geur, Oiseleur, Vendangeur. Suite de 4 jolis sujets
d'enfants.

71 — Les Amants surpris. Belle.

72 — Le Panier mystérieux. Très-belle ép.

73 — Le Goûter de l'Automne. Très-belle ép.
Ces 3 pièces sont par Gaillard.

74 — Le Fleuve Scamandre, par Larmessin. Très-
belle.

75 — Pensent-ils aux Raisins? par Le Bas. Très-belle.

76 **Boucher** fils (F.). Six Fontaines. — Arabesques.
En tout 11 p.

77 **Boulogne** le père (Louis de). La Vierge au mur.
R. D. 2.

78 **Bry** (Théodore de). Quatre pièces rondes pour
coupes contenant chacune 3 portraits des Césars.
Très-belles ép. (cabinet Van den Zande).

79 **Calamatta.** Vœux de Louis XIII, d'ap. Ingres.
Très-belle ép., lettre grise sur chine. Encadrée.

80 **Canot** (Ph.). Le Maître de danse. Sup. ép.

81 — Le Gâteau des Rois. Très-belle.
Ces 2 pièces sont par Le Bas, et grande marge.

82 **Cardon** (A.). Gaston de Foix, d'ap. Giorgion,
coloris vigoureux.

83 — Madame Récamier. Joli portrait rare, d'après
Cosway.

84 **Chardin** (d'après J. B. Siméon). Le Négligé,
ou Toilette du matin. Belle pièce, agréablement
gravée, par un anonyme.

85 — *Cars.* Jeune Dame jouant de la serinette.
Charmante composition. Belle ép.

86 — *Cochin.* La Blanchisseuse. — La Fontaine
2 pièces en hauteur.

87 — *Lépicié.* La Pourvoyeuse.

88 — — La Gouvernante.

89 — — La Mère laborieuse. Belle ép.

90 — — Le Bénédicité. Très-belle ép.

91 **Claas** (Alaert). Judith remet à sa servante la tête
d'Holopherne. L. B. 10. Rare.

92 **Cochin** (par et d'ap. C N.). Tubières comte de
Caylus.

93 — Joachim Gras, Trésorier de France.

94 — Franç. de Paule Jacquier, par Nicolet.

95 — Maloët, médecin, par A. de Saint-Aubin.

96 — Morand, médecin, par A. de Saint-Aubin.

97 — Raynal, par Delaunay.
Ces portraits sont en belles épreuves, marge.

98 **Collaert**, etc. (Ad.). Frontispice, Entourage,
ornements, 3 p. Sup. ép.

99 **Collin** (Richard). Port. de Jean Ph. van Thiélen,
peintre de fleurs, d'après E. Quellinus.

100 **Coypel.** (d'ap. Charles). La Coquette guitariste,
par Botet. Charmante pièce.

101 **Daddi** (B.), dit le Maître au dé; Énée sauvant
son père Anchise, d'ap. Raphaël. B. 72.

102 — La Victoire de Scipion sur Syphax. B. 73. —
Le Triomphe de Scipion. B. 74. 2 p. très-belles
avant *Sumptum* mais avec Lafreri.

103 **Dalen** junior (C. Van), d'ap. *Flinck.* Une négresse.
Très-belle ép.

104 — d'ap. *S. Luttichuys* Portrait de Henri, duc de
Glocester, comte de Cambridge. Sup. ép.

105 — d'ap. *Rubens*. Les Pères de l'Eglise, saints Ambroise, Grégoire, Jérôme, Augustin. Belle ép.

106 **Daullé** (Jean). Portrait de Baron, de la Comédie française, d'ap. de Troy. Ep. avant la lettre. (Le titre est à la plume.)

107 **Delaulne** (Stephanus). Batailles, combats, triomphes, etc. 12 p. en forme de frises. Très-bel ép. 1er état, avant les n^{os}.

108 **De Longueil**. Les Dons imprudents. — Le Retour à la vertu. 2 jolies p. gravées en couleur.

109 **Descamps** (J.-B.). La Pupille, par Lemire. Belle ép., marge.

110 **Drevet** (Claude). Portr. de Ch.-G, Guillaume de Vintimille, archevêque de Paris, duc de Saint-Cloud. D'ap. Rigaud. Belle ép.

111 **Drevet** (P.). Louis XIV en pied en manteau royal, d'ap. Rigaud. Superbe ép. d'un beau portrait.

112 — Louis-Henri de Bourbon, prince de Condé d'ap. Gober. Sup. ép.

113 **Duchange** (Gaspard). Portr. de Ch. Delafosse, peintre.

114 **Duclos** (Ant.-Jean). La reine Marie-Antoinette, annonçant à Mme de Bellegarde, des juges et la liberté de son mari, en mai 1777. 1re ép. *de souscription avant la lettre à 48 l*, d'ap. le pastel de même grandeur par Desfossés, off. d'artillerie. Sup. pièce historique: tous les personnages sont portraits; marge.

115 **Durer** (Albert). Portrait de Frédéric, électeur de Saxe. B. 104.

116 **Dürer** (Jehan). Port. de Samuel Goechhausen. *Ad vivum.* Sup. ép.

Dyck (D'ap. Ant. Van). Portraits gravés par

117 — *Bolswert* (S.-A.). Jean-Baptiste Barbé.

118 — — Martinus Pepyn.

119 — — Sebastianus Vranex.

120 — *Galle* (C.). Artus Wolfart.

121 — *Hondius.* Franciscus Franck junior.

122 — *Jode* (P. de). Adam de Coster.

123 — — Paulus Halmalius.

124 — — Cornelius Poelembourck.

125 — — Erycius Puteanus.

126 — *Pontius* (Paul). Jacobus de Breuck.

127 — — Gerard Honthorst.

128 — — Henri Steenwyck.

129 — — Corneille Van der Geest.

130 — — Théodore Vanlonius.

131 — — Simon de Vos.

132 — *Vorsterman* (L.). Jacques Callot.

133 — — Antonius Cornelissen.

134 — — Fabricius de Peirese.

135 — — Theodorus Galle.

136 — — Judocus de Momper.

137 — — Cornelius Sachtleven.

138 — — Hubertus Van den Eynden.

139 — — Cornelius de Vos.

Ces 23 portraits avec l'adresse de M. Van den Eynden et avant les noms des graveurs, sont 1er état. Très-belles ép. (Vente Saint.)

140 — *Anonyme.* Th. Villeboirts Bosschaerts. Rare. Sup. ép. marge. (Veber 1.)

141 — *Baillue* (P. de). Honoré d'Urfé. Très-belle ép.

142 — *Galle* (C.). Ferdinand III, empereur d'Allema-
gne. 1ᵉʳ état, avec l'adresse de Meyssens. Sup. ép.

143 — *Jode* (P. de). Jean Snellincx. Belle ép.

144 — *Matham* (Théod.). Michel Le Blon. Très-belle
ép. Rare.

145 — *Neeffs* (J.). Martin Richart. Très-belle ép. avec
G. H. et belle marge.

146 — — Antoine de Tassis. Très-belle ép.

147 — *Pontius* (P.). Don Diego Ph. de Gusman. Très-
belle.

148 — *Vischer* (C.). Henderucus Boys. Très-belle.

149 — — Helena Leonora de Sieveri. Très-belle ép.,
marge.

150 — *Vorsterman*. Wolfgangus Wilhelmus comte Pa-
latin du Rhin. Très-belle ép.

151 — N. Van der Borcht, par Vermeulen. Beau portrait en pied. Très-belle ép.

152 — P. Lord vicomte Chaworts, par Guntz. Portrait
en pied. Très-belle ép.

153 **Earlom** (Richard). Assemblée des 36 membres
de l'Académie de Londres, fondée en 1768, d'ap.
Zoffani. Sup. ép. encadrée.

154 **Edelinck** (Gérard). Portr. de Ferdinand, prince
évêque de Paderborn, d'ap. Michelin. R. D. 202.
Très-belle ép. 1ᵉʳ état.

155 — Paderborn entre la Religion et la Sagesse pour
frontispice, d'ap. Lebrun. R. D. 203. Sup. ép.
avec *E. Typographia*.

156 — André Hameau, curé de Saint-Paul, d'ap. Vi-
vien. R. D. 221. Très-belle ép. 1ᵉʳ état.

157 — Michel Le Tellier, chancelier, tenant des lettres
scellées. R. D. 244. Sup. ép. grande marge.

158 — Marca (Pierre de), archevêque de Toulouse et
de Paris. R. D. 269. Belle ép.

159 **Eisen** (Ch.). Le Jour de mariage, par Patas. Sup.
ép. avant la lettre; jolie mariée dans un charmant
costume, recevant son prétendu.

160 — Le Trictrac, par Lebas. Très-belle ép, marge.

161 — La Comète, par Lebas. Très-belle ép. marge.

162 **Fittler** (James). Embarquement de sainte Ursule,
d'ap. Claude Lorrain. Belle ép. lettre grise.

163 **Fragonard** (D'après). Contes de La Fontaine.
20 pièces avant toutes lettres, dans un portefeuille
avec couverture imprimée. Superbe exemplaire.

164 — Le Verrou, gravé par Blot.

165 **Freudeberg.** La Promenade du matin, par
Lingé.

166 — Les Confidences, joli intérieur avec deux dames.
Très-belle ép.

167 — Le Petit Jour, par Delaunay. Sup. ép. Intérieur
coquet.

168 — Les Mœurs du temps, par Ingouf aîné.

169 — L'Heureuse union, par Bosse. Marge.
Ces 2 pièces sont avant les planches réduites
pour entrer dans l'ouvrage du Costume physique
et moral.

170 **Frey** (Jac.). Vierge et Jésus terrassant le serpent,
d'ap. C. Maratte. Ep. grande marge.

171 **Frey** (J. de). Les Bourguemestres d'Amsterdam,
d'ap. Rembrandt. Sup. ép. avant la lettre.

172 **Gaultier** (Léonard). Frontispice des Secrets moraux du cœur humain, par Loryot, jésuite. P. curieuse.

173 — Portrait de Guy du Faur de Pibrac. Très-belle ép.

174 **Gérard** (D'ap. Mlle). Les Regrets mérités, par Delaunay. Très-belle ép. marge.

175 **Ghisi** (Adam). Deux Amours montés sur des dauphins, d'ap. J. Romain. B. 13. Belle ép. ovale.

176 **Ghisi** (Georges), dit MANTUAN. La Visitation, d'ap. Salviati. B. 1. Riche composition.

177 — La Vierge levant le voile qui couvre Jésus, d'après Raphaël. B. 5. La marge du bas coupée.

178 — Les Angles de la chapelle Sixtine au Vatican, d'ap. Michel Ange. B. 17 à 22. Aciennes ép. avant les nudités cachées. 6 p.

170 — Le Cimetière au moment du Jugement dernier, d'ap. J.-B. Bertano. B. 69. Superbe ép.

180 **Gillot** (D'ap.). Arlequin glouton, par Joullain. Belle ép. collée en plein.

181 **Godefroy.** Le Congrès de Vienne, d'ap. Isabey. Très-belle ép. avant la lettre. Encadrée.

182 **Goltzius** (H.). Fête de noces vénitienne, d'ap. Th. Bernard. B. 247. Très-belle p. en deux feuilles jointes. Réunion de beaux costumes.

183 **Greuze** (d'après). Portrait de Paul, comte de Strogonoff, gravé par Legrand. Rare.

184 — L'Accordée de village. — Le Paralytique. 2 p. gravées en couleur par Alix.

185 **Harrewyn**. Maison Hilwerne à Anvers dit l'hôtel Rubens, 1684. 2 p. curieuses. On voit la façade, les côtés de cour et jardin, chambre à coucher, chapelle. Très-belles ép. toute marge. Rare.

186 **Hofel** (Bl.). Gibier mort, d'ap. Hamilton. Belle ép. toute marge.

187 **Hollar** (Wenceslas). Vue de la cathédrale d'Anvers, côté du portail, 2e état. Très-belle ép.

188 — Jésus-Christ présenté au peuple d'apr. Titien. Pièce importante du maître. Sup. ép. avant l'adresse. (Cabinet du prince Tufiakin.)

189 — Portr. d'une femme âgée, d'ap. Holbein. 1re et superbe ép.

190 — Pierre Arétin, poëte, d'ap. Titien, 1er état avant la planche réduite.

191 — Alathée Talbot, comtesse d'Arundel, d'apr. A. Durer.

192 **Hooghe** (Romyn de). Philippe II, roi d'Espagne, fait monter le Saint-Sacrement dans son carrosse. Belle ép. d'une curieuse pièce historique.

193 **Houbraken** (J.). Jérôme van Alphen, d'après Quinkhard. Très-belle ép. marge.

194 — Olivier Cromwel, d'ap. Cooper. Belle ép.

195 — Th. Howard, duc de Norfolk, d'ap. A. More. Très-belle ép. marge.

196 — Collen, S. Gravesende, etc. 5 portr. divers.

197 **Janinet**. Repas de moissonneurs. — Noce de village. 2 p. gravées en couleur, d'ap. Wille fils.

198 **Jeaurat** (D'ap. Etienne), par *Aliamet*. La Place des Halles; on voit le Pilori. Très-belle ép.

199 — *Aubert*. L'Econome. Jolie pièce.

200 — *Balechou*. Le Goûté, intérieur de ménage.

201 — *Beauvarlet*. L'Éplucheuse de salade.

202 — *Lépicié*. L'Accouchée. — La Relevée. 2 jolies p.

203 — *Sornique*. La Coiffeuse.
    Ces pièces sont généralement belles.

204 **Jode** junior (P. de). La Visitation, d'ap. Rubens
    Très-belle ép. d'une grande pièce.

205 — L'Extase de saint Augustin, d'ap. Van Dyck
    Belle ép. avec l'adr. de Bonenfant.

206 **Kilian** (Bartholomé). Portr. d'Ant. Reiserus,
    théologien. Très-belle ép.

207 **Lancret** (D'ap.), par *Cars*. Mlle Camargo.

208 — *Cochin*. Dans cette aimable solitude. — Par une
    tendre chansonnette. 2 jolies p.

209 — *Dupuis*. Le Philosophe marié.

210 — — Le Glorieux. Ép. marge.

211 — *Larmessin*. Les Quatre Ages, l'Enfance, l'Ado-
    lescence, la Jeunesse, la Vieillesse. 4 p. Superbes
    ép. grande marge.
    Il est rare de trouver une suite aussi belle.

212 — — Le Jeu des Quatre Coins ··· et de Cache-Ca-
    che mitoulas. 2 charmantes compositions.

213 — — Les Oies de frère Philippe. Grande marge.

214 — — Nicaise.

215 — — L'Après dînée.
    Ces 3 pièces sont très-belles.

216 — *Lebas*. Le Maître galant. Belle ép.

217 — — Grandval. Très-belle ép.

218 — *Moitte*. La Partie de plaisir, c'est la société des
    des bonnets de coton. Pièce curieuse.

219 — *Schmidt*. La belle Grecque. Avant Crépy.

220 — — Le Théâtre Italien. Jolie pièce.

221 — *Tardieu*. L Automne et l'Hiver, par Lebas. 2 p. Très-belles ép.

222 **Larmessin** (Nicolas de). Portr. en pied d'Ad. de Vignacourt, grand-maître de Malte, d'ap. le Caravage. Très-belle ép. toute marge.

223 **Lavrince** (D'ap.). Le Restaurant, par Denis. Jolie pièce. Très-belle ép.

224 — L'Heureux moment, par Delaunay, gracieux intérieur de boudoir. Très-belle ép.

225 — Qu'en dit l'abbé? par Delaunay. Charmante composition. Très-belle ép. grande marge.

226 — Le Billet doux, par Delaunay. Sup. ép. avant la lettre.

Ces 2 pièces sont d'une grande richesse de costumes et d'intérieur d'apartement.

227 — Mᵐᵉ Merteuil et miss Cécile Volange, gravé en couleur, par R. Girard.

228 **Leclere** (D'ap.). L'Abbé en conqueste. — L'Hermite en queste. 2 jolies pièces. Chez la veuve Chereau.

229 **Leoni** (Ottavio). Gab Ciabrera. — J.-B. Marinus. — Lud. Leoni Pattavinus. 3 portr. Belles ép.

230 **Lepeintre** (D'ap. Ch.). La Cage symbolique. Jolie scène d'intérieur, par Fessard.

231 **Lépicié**, 1746. Le Jeu de Piquet, d'ap. G. Netscher. Jolie composition. Belle ép.

232 **Leprince** (D'ap. J.-B.). L'Amour à l'espagnole, par Saint-Aubin et Pruneau. Sub. ép. avant la lettre, grande marge.

233 — Le Marchand de lunettes, par Helman. Très-belle ép. grande marge.

234 **Lucchese** (Michel). Les Grimpeurs, copie contrepartie de l'estampe de Marc-Antoine d'ap. Michel Ange. B. 487. Sup. ép.

235 **Lyvyus** (J.). Portr. de Daniel Heinsius, professeur d'histoire à Leyde Superbe ép.

236 **Moln** (P. François). La Sainte Famille, repos en Egypte avec des anges en adoration. Belle eauforte du maître. B. 4.

237 **Moreau** le jeune (D'ap.). Déclaration de la grossesse. Belle ép., par Martini.

238 — N'ayez pas peur ma bonne amie, par Helman. Superbe ép. avec A. P. B. R.

239 — C'est un fils Monsieur, par Baquoy.

240 — Les petits Parrains, par Patas. Sup. ép. avec A. P. D. R.

241 — L'Accord parfait, par Helman. Suberbe ép. avant la lettre.

242 — Le Lever, par Halbou. Belle ép.

243 — La petite Toilette, par Martini. Superbe ép. avec A. P. D. R.

244 — La grande Toilette, par Romanet, ou l'Homme d'état allant à la Messe. Belle ép.

245 — La petite Loge, par Patas. Très-belle ép.

246 — La Sortie de l'Opéra, par Martini. Très-belle ép.

247 — Le Souper fin, par Helman. Charmante composition d'une partie carrée.

Ces 11 pièces font partie du *Costume physique et moral du XVIII siècle.*

248 **Morin** (Jean). Anne d'Autriche reine de France.
R. D. 40. Très-belle ép.

249 — Anne d'Autriche en deuil de cour. R. D. 41.
Très-belle ép. rognée des côtés.

250 — Th. Brachet de la Milletière, enragé calviniste
et catholique intolérant, conseiller du roi. R. D.
48. Très-belle.

251 — Honorine Grimberge, comtesse de Bossu. R. D.
55. Très-belle ép. avec une belle marge.

252 — Maison, président (René de Longueil). R. D.
65. Belle ép.

253 — Antoine Vitré, imprimeur. R. D. 88. Très-belle
ép.
  Ces portraits sont d'après Phil. de Champagne.

254 — Suite de quatre paysages en hauteur, d'ap.
Fouquières. R. D. 95-98 belles ép. marge.

255 — Suite de quatre paysages en travers. R. D. 103-
106. Très-belles ép.

256 **Muller** (J.). Portr. d'Ambroise Spinola, cap.
gén. des troupes espagnoles, d'ap. Mirevelt. Belle
ép.

257 **Muller** (J.-G.). Moses Mendelssohn, savant israé-
lite, d'ap. J.-C. Frisch. Très belle ép.

258 **Munnikhuyssen** (J.-A.). Cornelis Tromp, amiral de Hollande, d'ap. Plasse. Très-belle ép.

259 **Musis** dit Augustin Vénitien. La Vierge, l'Enfant
Jésus, le petit saint Jean et deux anges. B. 51.

260 — Les Israélites ramassant la manne. B. 8, d'ap.
Raphaël. Belle ép. Manque de conservation.

261 **Nanteuil** (Robert). Louis de Bailleul. R. D. 27.
Sup. ép. 1er des 4 états connus, avant l'année,
marge. *Très-rare*.

262 — Ant. Barberin, card. archev. de Reims. R. D.
30. Très-belle ép.

263 — Fréd. Maurice de La Tour d'Auvergne, duc de
Bouillon. R. D. 49. Très belle ép. marge. (Cabinet
Scitivaux.)

264 — Godefroy Maurice, duc de Bouillon. R. D. 50.
Très-belle ép. État intermédiaire entre le 4e et 5^e
état. (Il y a 7 états.)

265 — Alex. de Sève, conseiller. R. D. 82. Très-belle
ép.

266 — Gaspard de Fieubet, prem. président du Parle-
ment de Toulouse. R. D. 96. Belle ép.

267 — J.-B. Budes, comte de Guebriant, maréchal.
R. D. 104. 1er état avant Gouv. d'Auxonne. Très-
belle ép.

268 — Ch. de La Porte, duc de La Meilleraye. R. D.
118. Sup. ép. marge.

269 — Franç. de La Mothe le Voyer. R. D. 143. Très-
belle ép.

270 — Henri d'Orléans II, duc de Longueville, d'ap.
Ph. de Champagne. R. D. 149. Belle ép.

271 — Jean Loret, poëte. R. D. 150. Belle ép.

272 — Cardinal Mazarin, d'ap. Mignard. R. D. 187.
Très-belle ép. 1er état avant le changement d'ins-
cription.

273 — Cardinal de Richelieu, d'ap. Ph. de Champagne. R. D. 218. Sup. ép. 1er état. (Cabinet comte Boutourlin.)

Une ép. semblable a été vendue 145 fr. à la vente de M. de La Salle.

274 — Jean-Franç. Sarrasin, homme de lettre. R. D. 220. Belle ép. du 2e des 4 états connus.

275 — Georges de Scudéri, académicien. R. D. 221. Très-belle ép. 1er état.

276 Oudry (Jean-Baptiste). Sujet de chasse. R. D. 1. Frontispice, 2e état avec Gautrot. 2. 3. 4. avec Huquier. 4 p. Belles.

277 Passe (Crispin de). Festin et scène galante. 2 charmantes petites p. à costumes.

278 Paterre (D'ap.). La Courtisane amoureuse, par Filleul. Très-belle ép. marge.

279 — Collin-Maillard. — Concert amoureux. — Conversation intéressante. — La Danse. Suite de 4 p. Les Plaisirs de la jeunesse, par Filleul. Belles ép.

280 Pencz (Georges). Médée remettant à Jason ses penates. B. 71. Belle ép.

281 — Collatin et ses amis près de Lucrèce, qui vient de se donner la mort. B. 79. Belle ép.

282 — Les Arts libéraux, l'Arithmétique, la Musique, etc. B. 110-116. 7 p.

283 Pesne (Jean). Portrait de N. Poussin. R. D. 6. Belle ép. avec Audran ex. Cab. Robert Dumesnil.

284 — Assomption de la Vierge. R. D. 11. Belle ép. marge.

285 — Le Ravissement de saint Paul. R. D. 12. Magnifique ép. avant *Le Blond ex.* au bas de la marge, état antérieur au 1er état décrit par M. R. Dumesnil. Extrêmement rare.

286 — La grande Sainte Famille servie par les anges. R. D. 16. Ép. vigoureuse avec l'adresse de Drevet.

287 **Picart** (Bernard), 1728. Portr. de l'amiral Ruyter. Sup. ép.

-- La Fortune des actions. Pièce curieuse sur le système de Law.

— Scènes de conversation et de musique dans un jardin. Très-belle pièce recommandable par les costumes.

288 **Picart** (J.). Buste de Louis XIII. dans une niche riche architecture.

289 **Plassard** (V.). Sainte Famille R. D. 1. Eau-forte. La seule pièce du maitre.

290 **Poilly** (De). Le roi Louis XV tenant son lit de justice, 12 septembre 1715, d'ap. Delamonce, Belle ép. d'une pièce historique importante.

291 — La Vierge au berceau, d'ap. Raphaël. Marge.

292 **Pontius** (P.), d'ap. Diepenbeke. Portr. de M. Ambroise Capellus, évêque d'Anvers. Sup. ép.

293 — D'ap. Van Dyck. H. comte de Van den Berghe. Sup. ép. avant *Bonenfant ex.* et avec le mot *catholici* à la suite de Regis.

294 — Fréd. Henri de Nassau. Belle ép.

295 — Franç. Thomas de Savoie, prince de Carignan. chef-d'œuvre du graveur. Sup. ép. du 2e état. (Cabinet Lasalle.)

296 — Saint Pierre et saint Paul aux côtés de la Vierge, tenant Jésus qui couronne sainte Rosalie. Belle ép.

297 — D'ap. Lyvyus. Jean de Heem. Belle ép. avec *Martin Van den Enden*.

298 — Rubens, d'ap. lui-même. Très-belle ép. du meilleur portr. de Rubens.

299 — Présentation au Temple. Très-belle ép. d'une grande et belle composition.

300 — Jésus portant sa croix. Bonne ép. marge.

301 — Christi Funus, le Christ mort descendu de la Croix. Très-belle ép.

302 **Rabel** (Daniel). 6 p. de l'histoire de Silvie.

303 — 5 p. du livre des chasses.

304 **Raoux** (d'ap. Jean). Portrait en pied de Mad. Boucher en vestale. Belle ép. par Dupuis.

305 — Méfiez vous Philis de cet aimable maître — Oiseau pour t'échapper des mains de cette belle, 2 charmantes pièces par Dupuis. Très-belles ép.

306 — La jeunesse, par Moyreau. Jolie pièce parfaitement exécutée

307 **Rembrandt**. Le petit orfèvre. B. 123 (cabinet Debois).

308 — La synagogue des juifs. B. 126. Belle ép.

309 — La chaumière et la grange à foin. B. 225. Très-belle ép., avec une petite marge. Les paysages de Rembrandt sont très-rare.

310 — Jeune homme assis et réfléchissant. B. 268. Sup. ép. (cab. Debois).

311 — Jean Lutma, orfèvre de Groningue. B. 276. Belle ép.

312 — Utembogaerd, dit le peseur d'or. **B. 281.** Belle
ép., papier du Japon avec marge, au dos : *A proof
Rogers's sale 1799.*

313 **Reynolds** (S.-W.). Le chapeau de paille, d'ap.
Rubens (sa femme). Sup. ép., *proof.* marge.

314 — Lady Georgina Agar Ellis, d'ap. Jakson. Très-
belle ép., marge.

315 **Rosalba** (d'ap.). Les saisons : le printemps,
l'été, l'automne, l'hiver, 4 jolies dames en buste,
gravées par Duflos. Très-belles ép., grande marge.

316 — Le matin, le midi, l'après-dinée, le soir ; par
Duflos, 4 jolies fillettes en buste. Très-belle ép.,
grande marge.

317 **Rousselet**. Le Christ porté au sépulcre, d'après
Titien.

318 **Rubens** (d'ap.). La chasse au sanglier. Gasp.
Huberti exc. Grande et belle p.

319 — Judith. — Défaite de Maxence. — Jean I, par
Vischer, 3 p.

320 **Sadeler** (Egide). La dame au nègre, d'ap. Titien
(Lucrèce Borgia). Sup. ép. du 1" état, avant la
marge du cuivre, coupée à d.oite comme en haut,
avec ÆPI qui fut changé ÆRI, etc.

321 **Saenredam** (J.). Scène villageoise, pièce em-
blématique, dite le prêtre à la fenêtre. (B. 8).

322 **Saint-Aubin**. Henri IV, d'ap. Porbus, médaillon.

323 — Necker, d'ap. Duplessis, le plus beau port. du
personnage.

324 **Savart** (P.). Port. de Bayle. Belle ép.

325 — Ant. de la Garde Deshoulières, d'ap. Soph. Cheron. Belle ép.

326 **Schiavonetti** (L.). Portraits en médaillons rayonnants : Louis XVI, Louis XVII, Elisabeth, Charles Philippe, L. A. duc d'Angoulême, 6 p.

327 **Schuppen** (P. Van). La mère Angélique Arnaud, d'après Ph. de Champagne.

328 — Joseph-Franç. Borri, chimiste, d'ap. J. Ovens. Belle ép.

329 — Cardinal Rainaud d'Est (Ep. Rhegiensis). Très-belle ép.

330 — Louis XIV cuirassé, d'après Mignard. Sup. ép.

331 — Franc. de Nesmond, évêque de Bayonne, d'ap. Lefèvre. Rare.

332 — Harduin de Perefixe de Beaumont, archevêque de Paris, d'ap. Lefèvre. Sup. ép.

333 — Eustache Tessier, général de tous les ordres de la Trinité et Rédemption, d'ap. Bouys. Très-belle ép.

334 **Silvestre** (Israel). Veduta di Campo Vaccino et d'une partie de Rome, grande p. en 2 pl. jointes. — Le collége des quatre Nations, etc. 4 p.

335 **Storer** (Jean-Christophe). Bacchanale où Silène est assis sur un léopard. Eau-forte d'une grande vigueur, rare.

336 **Strange** (Robert). Charles 1er, en pied, en manteau royal, d'après Van Dyck. Très-belle ép.

337 — Charles 1er, avec son cheval tenu par un écuyer, d'ap. Van Dyck, sup. ép.

338 — Henriette Marie, reine d'Angleterre et ses enfants, d'après Van Dyck. Superbe ép.

339 — Vénus couchée, d'après Titien. Sup. ép.

340 — Danaé, d'ap. Titien. Superbe ép.
Ces pièces sont de la plus belle condition.

341 **Subleyras** (P.). La Madeleine aux pieds de Jésus
chez Simon le pharisien. R.-D. 3. Belle ép. avant
le nota à gauche.

342 **Suyderhoef** (Jonas). La paix de Munster,
d'après Terburch. Sup. ép. d'une pièce historique
importante par le nombre de portraits.

343 — Les quatre Bourgmestres d'Amsterdam, d'ap.
Keyser. Sup. ép. collée.

344 — Portrait de Godard de Rède légat, plénipoten-
tiaire. Sup. ép. de la plus grande vigueur.

345 — Jacobus Maestertius, jurisconsulte, d'ap. Van
Nègre. Sup. ép.

346 — Titre de livre pour ses portraits. Très-belle ép.

347 **Trouvain** (Ant.). Denise Camusat, femme de
Le Petit. Ep. marge.

348 — Marie-Jeanne-Baptiste, duchesse de Savoye.
Très-belle ép. d'un charmant petit portrait.

349 **Vanni** (Jean-Baptiste). Les noces de Cana, d'ap.
P. Véronèse. B. 17. Très-belle ép. avant l'adresse
de Rossi. Rare.

350 **Vermeulen** (C.). Mignard peint par lui-même.
Très-belle ép. marge.

351 **Vernet** (d'ap. Carle). Suite de 6 chevaux au pré,
au verd, à l'abreuvoir, etc., par Debucourt et
Coqueret, toute marge.

352 **Vernet** (d'ap. Joseph). Ports de Bordeaux, Mar-
seille, Toulon ; port vieux, neuf, ville et rade.
6 p. par Cochin et Lebas.

353 **Visscher** (Corneille). Port. de Louise de Nassau, d'ap. Hondthorst. Très-belle ép.

354 **Visscher** (J. de). Verhellius. Sup. ép. d'un joli portrait d'ap. Schick.

355 **Vorsterman** (Lucas), d'ap. *Dubordieu*, Claude de Saumaise. Sup. ép. d'un beau portrait.

356 — D'après *Van Dyck*, Thomas Howard, comte d'Arundel. Belle ép.

357 — D'ap. *Elsheimer*, Tobie et l'ange. Belle ép.

358 — D'ap. *J. Lyeyus*. Nicolas Lanier, peintre. Très-belle ép. avec Martin Van den Enden.

359 — D'ap. *Raphaël*. Le Christ mis au tombeau. Sup. ép.

360 — Saint-Georges à cheval, terrassant le dragon. Très-belle ép.

361 — D'ap. *Rubens*. L'archange St-Michel foudroyant les anges rebelles. Très-belle ép.

362 — Les anges entraînant la famille de Loth de Sodome. Belle ép. avec marge.

363 — La fuite en Egypte. Belle ép.

364 — D'ap. *Titien*. Charles-Quint à mi-corps, cuirassé, tenant l'épée nue. Très-belle ép.

365 — D'après Titien et autres. Portraits de personnages italiens. 15 p.

366 **Vouillemont** (S.). Port. de Victoria à Robore Fernande, grande duchesse de Toscane. Très-belle ép.

367 **Waterlo**. Six paysages à l'eau-forte, dont deux grands.

368 **Watteau** (d'ap. Antoine). Son portrait à mi-corps, par Lépicié. Belle ép. marge (C). Voir catalogue de Vèze, les nᵒˢ de son œuvre, page 210.

369 — Camp volant (28), par Cochin. Sup. ép. toute marge.

370 — Retour de campagne (29), par Cochin. Sup. ép. grande marge.

371 — Diane au bain (42), par Aveline, collée en plein.

372 — Les saisons du cabinet de M. de Julienne : le printemps, par Brillon (59), l'été par Moirau (68), l'automne, par J. Audran (61), l'hiver par de Larmessin (62). 4 p. Sup. ép., grande marge.

373 — L'alliance de la musique et de la comédie, par Moyreau (68), allégorie curieuse.

374 — Spectacle français par Dupin (70). Sup. ép. *chez Dupin*, doit être 1ᵉʳ état, et avant chez Declaron. Très-rare.

375 — Comédiens italiens, par Baron (75). Sup. ép. avant toutes lettres, marge.

376 — L'amour au Théâtre Français, par Cochin (76). Sup. ép. grande marge.

377 — L'amour au Théâtre Italien, par Cochin (77). Sup. ép. grande marge.

378 — La Rêveuse par Aveline (94). Charmante pièce. Sup. ép. toute marge.

379 — L'indiférent (97), par Scottin. Sup. ép. toute marge.

380 — L'accord parfait, par Baron (118). Très-belle ép. grande marge.

381 — La famille, par Aveline (120). Très-belle ép.

382 — Sérénade italienne, par Scotin (122). Très-belle ép., marge.

383 — Le concert champêtre, par Audran (123), avec titre du cab. de M. Bougi. Très-belle ép. marge.

384 — La danse paysane, par B. Audran (124). Belle ép. marge.

385 — Les entretiens Badins, par B. Audran (133). Belle ép.

386 — Les deux cousines, par Baron (153). Superbe ép. avant toutes lettres, marge, pièce rare.

387 — Le passe-temps, par B. Audran (155). Très-belle ép.

388 — L'amour paisible, par Baron (156). Belle ép.

389 — Le plaisir pastoral, par Tardieu (162). Belle ép.

390 — Pierrot content, par Jeaurat (163). Belle ép. remargée du haut.

391 — La partie carrée, par Moyreau (168). Très-belle ép. marge.

392 — Amusements champêtres, par B. Audran (169). Sup. ép.

393 — Les charmes de la vie, par Aveline (170). Très-belle ép.

394 — L'île enchentée, par Le Bas (176). Charmante composition, marge.

395 — La musette, par Moyreau (177). Sup. ép.

396 — Le rendez-vous de chasse, par Aubert (178). Très-belle ép.

397 — L'assemblée galante, par Le Bas (179). Superbe ép. avant toute lettres, d'une magnifique composition.

398 — Les quatre grands panneaux (209) : fête bachique, par Moyreau; la balanceuse, par Le Bas; partie de chasse par Scotin, le may, par Aveline : ce sont les 4 p. les plus importantes des arabesques de Watteau. Très-belle ép.

399 **Wiérix** (Jean). Port. d'Isabelle-Claire Eugénie, duchesse de Brabant.

400 **Wierix** (Jérôme). Portrait en pied de Charlemagne. Superbe ép. rare, marge.

401 **Zéeman** (Reinier-Nooms dit). Vues de Paris et ses environs, pavillon de mademoiselle et le Louvre, la porte St-Bernard et autres très-intéressantes. R. D. 55-62, 8 p. Superbes ép. Rares.

402 — Sujets de marine, 10 p. de la suite R.-D. 75 à 86.

403 — Regeliers Poort. Porte d'Amsterdam. R.-D. 120.

404 **Ecole Allemande.** Repas avec costumes et sujets emblématiques, 3 p.

405 **Ecole Flamande.** Bloemaert, Goltzius, etc., 6 p.

406 — Berghem, Diétricy, etc., 4 p.

407 — Vues d'Amsterdam, 15 p.

408 **Ecole Italienne.** Groupes d'amours, d'ap. Carrache, Vierge du Guide, mascarade de Tiépolo.

409 — Sujets divers, 25 p. sera divisé.

410 **Ecole Française.** Boucher, Eisen, Fragonard, etc. 5 p.

411 — Carrosserie sous Louis XV, 8 p.

412 — Vues des Boulevards : prise de la porte Saint Antoine — prise du premier café près le réservoir de la ville; — prise de la porte du Temple. 3 p. curieuses, chez Mondhare et Daumont.

413 — Galerie Aguado, pièces d'ap. divers maîtres. 6 p.

LIVRES A FIGURES.

414 — Le maneige royal de M. de Pluvinel, premier écuyer du Roi, 64 planches y compris le titre, par Crispin de Pass, le jeune, vol. in-f° oblong, demi-reliure. Belles ép.

415 — Les plaisirs de l'île enchantée ou festes et divertissements du Roi Louis XIV, à Versailles, en 1664, 20 pl. par Israël Silvestre et Lepautre, vol in-f°, relié en veau aux armes de France.

416 — Pastorales, par Claudine Stella, 16 planches et le titre avec adresse au Louvre. Paris, 1667. Très-belle ép., 1 vol. petit in-f°, veau. Bel ex.

417 — Eloges et discours sur la triomphante réception du Roi Louis XIII, en sa ville de Paris, après la réduction de Larochelle, grand nombre de figures d'ap. Ab. Bosse et autres. Paris 1629, 1 vol in-f°, parchemin.

DESSINS.

418 — BAUDOIN. Le lever, aquarelle et gouache, charmant dessin ovale encadré (cabinet du marquis d'Aligre).

419 — ECOLE FRANÇAISE. Offrande, à l'encre et lavé, sur papier bleu, encadré ; dans le goût de Prud'hon.

420 — GREUZE Tête d'enfant, fort jolie étude à la sanguine, encadré (cab. de M. Marcille).

421 — LEMOINE. Son portrait, profil, à la sanguine, par lui-même, sous-verre

422 — TRINQUESSE. Buste de Pelletier St-Fargeau, profil, à la sanguine, encadré.

423 — WATTEAU. Suisse vu de dos portant halle-barde, dessin à plusieurs crayons, encadré (cabinet Greverath).

424 — Douze dessins de diverses écoles, sujets religieux et autres, pourront être divisés.

Renou et Maulde, imprimeurs de la Compagnie des Commissaires-Priseurs, rue de Rivoli, 144.   13402

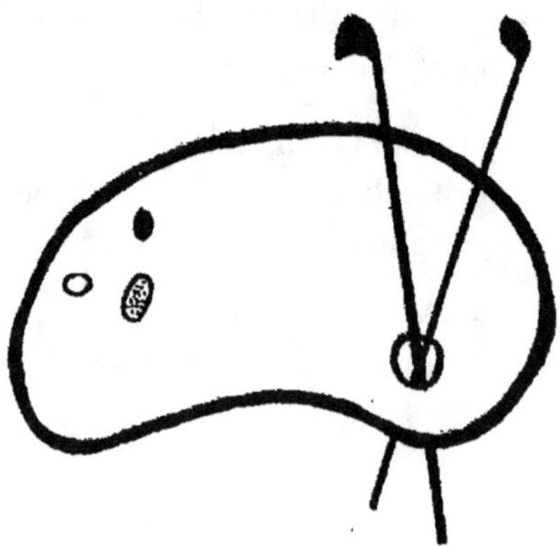

ORIGINAL EN COULEUR
NF Z 43-120-8